赶跑无聊女巫

〔意〕蒂·奥尔西/著

〔意〕弗兰切斯卡·凯萨/绘

孙真/译

GUANGXI NORMAL UNIVERSITY PRESS

广西师范大学出版社

·桂林·

这是一个美妙的夏日，但是彼得和妹妹奥莉维亚一点儿也不开心。

"怎么一脸不高兴的样子？"妈妈看到躺在地毯上的兄妹俩，问道。

"我们的朋友正在夏令营玩得开心，"彼得抱怨道，"为什么我们不能一起去呢？"

　　"因为这周我在家工作"，妈妈说，"你们可以和我待在一起！"

"我知道，但是太无聊了！"彼得嚷道。

"'无聊'可不是个好词，"奥莉维亚说，"听起来像一个邪恶女巫的名字！"

"你说得对！"彼得说，"'无聊'就像一个女巫，把我们的时间变慢。她让我们闷闷不乐，她偷走我们的能量！我们必须把她赶跑！"

点子之书

为了赶跑无聊女巫，得有一个绝佳计划，于是他们马上行动起来。

"女巫最不喜欢的是什么？"彼得思索着。

"有趣的东西，"奥莉维亚回答，"比如颜色、糖果、笑声和笑话！"

"说得对！"彼得说，"我们首先要抓住她！然后，用糖果和笑声把她吓跑！"

奥莉维亚灵机一动："我们来设个陷阱吧！"

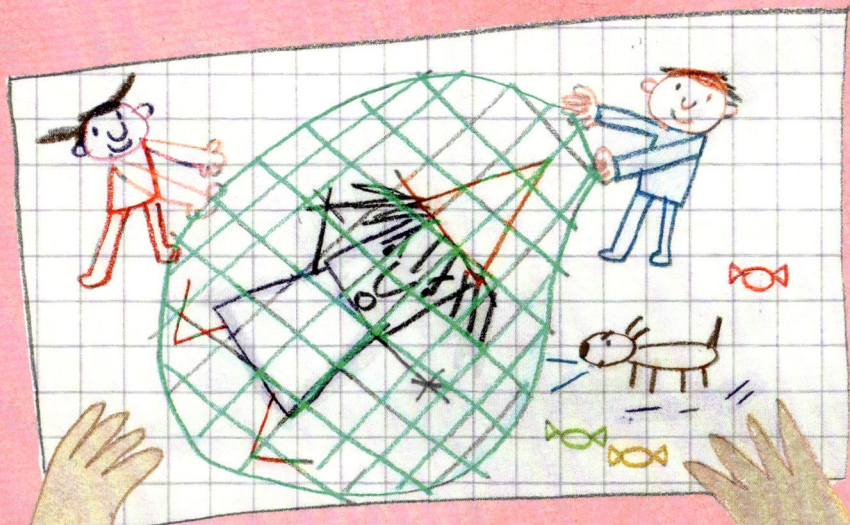

彼得和奥莉维亚开始到处寻找他们需要的东西：一个沥水盆，一个水桶，一个大盖子，一些线团，还有清洁刷……

"咦，臭死了！"奥莉维亚嫌弃地喊道，把一个大花椰菜放在地上。

"那是淘气女巫最喜欢的点心，"彼得告诉奥莉维亚，"她会去抢花椰菜，结果踩到香蕉皮滑倒，然后……**砰！**"

"好极了！"奥莉维亚欢呼，"然后我们把沥水盆套在她头上，把她五花大绑，强迫她看开心的东西，听有趣的笑话，直到她答应不再来烦我们！"

这个计划听起来无懈可击，于是彼得和奥莉维亚开始布置抓捕无聊女巫的超级陷阱。

　　这项任务需要很大的耐心，但团队合作总是充满乐趣。

一切准备就绪，彼得和奥莉维亚躲在玩具篮子后面，等待女巫的到来。

"要等很久吗？"几分钟后，奥莉维亚问，"我感到有些无聊了！"